蛙

菊田守

砂子屋書房

＊目次

装本・倉本　修

詩集　蛙

出　発

きょうはパリ祭　フランス革命の日
ナポレオン皇帝の白馬に跨がった勇姿が
頭に浮かぶ
コーヒーの発祥地ウイーン
戦禍の町ウイーンに
去った他国の軍隊の遺留品の中にあった
黒い豆を砕いてつくられたのが
コーヒーの始まりとか。
時を経て

ウィーンのコーヒー・カフェに集まる人びと
ウィーンの文化の香り
人びとの集まりが
やがて人びとの力となり
民衆の意志をもった力となっていった

私はひとり
二十一世紀の小さな町の喫茶店「来夢」で
二階の窓辺に坐り
下の通りを歩いている人びとを視ている
コーヒーの入った茶碗を前にして
庶民のひとりであるわたしの肚の中に
生きる力がみなぎってくる
権力や権威に屈することなく

強い意志で生きようと
肚を括る
ほろ苦いコーヒーをぐいと呑みほす
さあ　町に出よう

きょうは七月十四日
わたしの七十九回目の誕生日

一杯の珈琲から
——二〇一四年十月

十月下旬の朝十時三十二分発
新幹線「ひかり」に乗り
東京駅から豊橋に向かう車内で買った
一杯の珈琲をのんだ
手渡された熱い紙コップ入りのコーヒー
キリマンジャロ……タンザニア産。紙コップには
美しいタンザニアの絵柄が描かれている

紙コップには

KILIMANJARO　ありがとう　東海道新幹線開業50周年
タンザニア建国50周年、とある
象やキリンやシマウマやヒョウ等の
デザインが描かれている

キリマンジャロはアフリカ東部にある
アフリカ大陸最高の火山で標高五八八五米。
富士山はそれに比べて標高三七七六米であるが
葛飾北斎の浮世絵に描かれたりしている
キリマンジャロといえば
若い時見た映画「キリマンジャロの雪」
主演のグレゴリー・ペックと、
私の大好きだった美しいスーザン・ヘイワード。

〃爽やかな酸味と華やかな香り〃か。
一杯の珈琲から
次々と湧きあがる熱いマグマのような想いが
私の心を熱くした。

群雀

落語の貧乏長屋のよう
親しくおしゃべりしたり
口と口を合わせたり
突突きあったり
追いかけたり逃げまわったり
ひとり、ねずみのように走ったり
生き甲斐のカイのように
常に二つが重なり合うことを
信じているように
いつも肩を並べて食べている

他の鳥や生き物がやってくると
さっと近くの柿の木の枝や
隣家の屋根の上にとび移り
悠然と歩む黒猫や
ゆったりと一歩一歩あるく
額に大きな瘤をもつ嘴太《はしぶと》ガラスを
おとぼけ顔で
みんなお行儀よく並んで見ている
雀の群れは
いつ見ても　日の暮れる迄見ていても飽きることはない
家の庭にやってくる雀たちの
惚れ惚れする生きる姿は
わたしの限りない憧れ
わたしの生きる喜び——。

ビールの味
——江古田の伯母さん・1

ご主人が戦死し
伯母《おば》さんはひとりで
東京・練馬区江古田駅近くに住んでいた。
昭和三十年の暮れに
私は詰襟の学生服を着て
父の代りにお歳暮を持って行った
駅を下りて
原っぱを横切り
小川の橋を渡って

道路を横切った向うに
伯母さんの家はあった
材木屋さんの脇の細い路地を抜けて
台所で声を掛けると
中から伯母さんの声
――マモルちゃん
　おあがんなさいな
上がると
炬燵の上のテーブルには
柿の種とピーナッツのおつまみ
――寒いから
　ビールを炬燵で温めておいたよ
コップに注《つ》がれた暖かいビール
ゆっくりと味わいながら飲みほした

笑顔で語りかけてくる伯母さん――。

帰りの原っぱには
砂ぼこりが舞い
武者絵の凧が上がっていた

一枚の写真
――江古田の伯母さん・2

ここに一枚の写真がある
昭和十五年に撮った七五三の私の写真
黄色の上下毛糸編みの
金釦付きの軍服を着て
羽根のついた帽子を被り
腰にはサーベルをつけて
靴をはいて立っている私
無理に笑顔をつくって写っている
幼年時代の私の写真

江古田の伯母さんは編物が上手で
ぜんぶ自分で編んだ毛糸の軍服
もう七十年以上も前の
私の恥ずかしい写真である
その翌年、昭和十六年十二月に
日本は太平洋戦争に突入した

ぼんやり霞む
日本の夢。
明治三十年代生まれの
江古田の伯母さんの描いた夢
すべて幻

川のお婆さん

小学校から家に帰ると
鞄を放り出して
川に魚をとりに行った
大川の辺《ほと》りに小屋があり
川のお婆さんがひとりで住んでいた
わたしはいつも縁側に坐り
お婆さんの話を聞くのが楽しみだった
あたりいちめん田んぼのみどりの中
向こうにカラス山が見え

お婆さんとわたしの前を
大川がゆったりと流れていた

小屋のすぐ横に
灌漑用水の小川があった
わたしは浅い小川に入って
蚊帳の破れで作った網《あみ》で魚をとった
小鮒、目高、ザリガニや
足長エビをいっぱいとった

夏のある日
集中豪雨で洪水になり
大川の水が溢《あふ》れて
川のお婆さんの小屋は流されてしまった

お婆さんもいなくなった

川のお婆さんは
畳屋《たたみや》の息子に捨てられたのだった
大川の傍《そば》にひとり住んでいた
川のお婆さんをわたしは
なつかしく哀《あわ》れむ　そして
老いたいまは
他人ごとではなく
わがことのように思われてくる

註・大川……私の子供の頃、妙正寺川は、大川とも大場川《だいばがわ》とも呼ばれていた。

コロッケ

——二〇〇二年三月

日中はぽかぽか陽気
夕方から冷たい風が吹いた日
弟の久さんが救急車で運ばれた
午後七時すぎ玄関を激しく叩くひと
食事中だった私が玄関に出ると
近くのラーメン屋のご主人である
——いま弟さんが近くの路上に倒れ
　救急車で運ばれました
私は財布だけ持ってサンダルばきのまま

新宿T病院にタクシーで駆けつける
まだ誰ひとり来ていなかった
すぐに病室に案内される
久さんはベッドの上に横たわり
裸身に白い布が掛けられ
点滴が行なわれている
心肺停止の状態とのこと
——外でお待ち下さい
言われるままに待合室に座った

待合室で待っていると
暫くして警察官がやってきた
手にしたビニール袋を手渡しながら
私に言った

——弟さんが身につけていたものです
　奥さんが来たら渡して下さい
　それと、奥さんに言って下さい
　弟さんの買ったコロッケをN警察署で預
　かっていますから、帰りに寄って下さい

ビニール袋は生ごみを入れる袋である
ビニールなので中味が透けて見える
ズボン、ベルト、上衣、下着、靴、財布、
健康保険証、病院の薬など。
そうなのだ
ひとが身につけているものはこんなに軽い
哀しく心細くなった

午後十一時過ぎになって

奥さんと娘さん二人が病院にやってきた
土曜日なので親子三人で外出して
何も知らずに家へ帰り
玄関の貼り紙を見て
急いで駆けつけた、という。
私は預かっていたビニール袋を手渡す
――これは久さんが身につけていたもの全て
です。それと、N警察署にコロッケを預
かっているから帰りにとりに行って下さい

翌朝未明に弟の久さんは逝ってしまった。
病院に行き薬を貰って
自転車に乗り自宅近くの路上で転倒し
そのまま逝ってしまった、享年五五歳

この世に残したダイイング・メッセージ
「コロッケ」
あのラーメン屋のご主人もいまは亡《な》い

ピエール

爽やかな五月の風に誘われて
わが家にフランスから
はるばるピエールがやってきた
荷物を拡げると
すぐにうつ伏せに寝そべって絵本を読み始めた
惚れ惚れする姿態で
食い入るように本を読んでいる
後ろからそーっと覗きこむと
絵本には　大きな目玉のトンボと

天使の羽をつけた白い蝶が描かれている
こんな恰好で
トンボと白蝶の生態について
学んでいると思うと、ぞっとした
――こんな恰好で観察されたらたまらん
トンボの怒りが聞こえてくる
白蝶の嘆き声も聞こえてくる

ピエール
フランスからはるばるやってきた
緑色の服を着た少年ピエール
テレビ台の上に置かれた
フランス生まれの蛙の置き物　ピエール

蛙

——二〇一六年六月

山形新幹線つばさ139号に乗り
東京駅から山形に向かう
車窓から見る風景
あっ、いちめんの緑
緑の稲田が続いている
冬の山形はいちめんの雪景色
白い平原にカラス
白と黒とのコントラストであるが
いまはいちめん緑の稲田

車窓から見る民家の窓は開け放たれ
洗濯物を干した家が見える
擦過する駅の前には
赤、青、白の乗用車が
十数台とまっている
山形の夏景色に包まれているうちに
山形駅に着いた

山形県岩根沢にある
月山民宿かるべの二階の寝床の中で
真夜中に蛙の声を聞いた
蛙の声と思えない
グァッ　グァッ　グァッ　グァッ

アヒルの声のようであるが
確かに蛙だ
月山の麓の田んぼで
ぐるりの目玉で端座して
月に向かって鳴いている蛙

竜神

二月
ゆうべから降り続いた雪が止んで
けさはいちめんの銀世界
うすぐもりの空からは
薄日《うすび》が射している
妙正寺川の雪も解けて流れている
川の両岸にある街路樹
裸木の枝枝に積もった雪が解け
雫になってぽたぽたと

川に流れ落ちている
あの木の枝からも
この木も　あちらの木も
枝枝から一斉に雫の落ちている景観は素晴しい　恐ろしい
雫のもつ底力を知らされた

妙正寺川は上流から下流へと
現在から未来へと流れてゆく
俯瞰《ふかん》すると
妙正寺川の流れは
鉛色をした竜神になって
大空に向かって昇天していく

自然の村

――二〇一三年六月・山形県岩根沢

山形県西川町岩根沢。
JR東京駅から山形駅まで新幹線で三時間
山形駅から岩根沢まで車で一時間かかる
旧岩根沢小学校校庭に建つ
丸山薫詩碑の前に集まる
六十人あまりの人たちが並び
ひとりひとり紅花を献花する
わたしも献花して手を合わせ
詩碑に刻印された丸山薫詩を眺めていると

詩碑の左上部に塩カラトンボが一匹とまって
次々と献花する人々を祝福している
ひと通り式典が終了すると記念撮影
詩碑の前に全員神妙に並んで
みんな殿様バッタのような顔をして
直射日光を浴びている
足元をたくさんの小さなバッタがはねている
大きなアリも歩いている
空につばめがとんでいる
静かな日本の六月の朝である

葡萄棚

——山梨・笛吹市いちの宮

青竹を割って木通《あけび》の蔓で結んだ
舞台を背景にして詩の朗読が行われている
葡萄棚の下の会場には
百数十名の人たちが舞台を見ている
見上げる葡萄棚には
一つ一つ紙に包まれた葡萄の房が
幾千幾万と見事に吊り下がっている
——あれは甲州ぶどう　これはベリーA
こちらのはロザリオ・ビャンコ

そしてベニサン・ジャック、ユニコーン
女ひとが天使のように耳元で囁く
私も口遊む
――甲州ぶどう　ベリーA　ロザリオ・ビャンコ
　ベニサン・ジャック　ユニコーン
頭の中に、姫と殿様と古城
豊かな胸の美女と王子の幻が浮かぶ

葡萄棚の上に輝く太陽
陽の光りが
棚の上から射し込んで水玉模様となり
舞台を見つめる女ひとの髪の毛と項《うなじ》に、
頬笑む娘さんの頬に
背広を着てネクタイ姿の男の肩に

柔らかな優しい光となって輝いている
葡萄色の水玉模様がゆれている

一房の葡萄を掌にのせ
その一粒を口に含み
ゆっくりと味わいながら
笛吹川の川の流れの音《おと》と
洪水で川に流された母親を捜す
息子の吹く横笛の音《ね》を聞いている

梨のつぶて

きょうも手紙を書く
へたでもすぐに手紙を書くとよいとは
兼好法師のことば
雪が降っているとか
庭に梅の花が咲いてうぐいすが枝に止まっているとか
手紙を書いているときの様子を書くとよいとも言う
少年時代に会ってから七十年ぶり
同窓会で出会った友に手紙を書く
四人姉弟の中で一人残った弟へ

庭でコオロギが鳴いているよと手紙を書く
多いときには十通くらい手紙を書く
帰ってくる返事は梨のつぶてばかり
石ころなら当るとすぐにわかるが
梨のつぶてばかりだと
痛みはすぐにやってこない
じわり
じわじわやってくる
心が空しくなって
スースーしてくる
そこで心をぽかぽか陽気にしようと
また手紙を書く

菫

三月のぽかぽか陽気から一転
朝から霙が降り雪に変った
雪が積もったがすぐ解けた庭
バラの木の根元に
すみれが咲いていた

——少年の日
母さんとふたり畑の草むしりをした
お茶の時間になって

畑の畦道でお茶をのんだ
傍らにすみれが咲いていた
中学を卒業したら仕事をしろといった
父さんのことば
生きていくことのばくぜんとした不安を
うまくしゃべれないことばで、そっと
母さんにしゃべったわたし
母さんはいつも優しく聞いてくれた

会社に勤めた三十代
多摩川の研修所に
係長研修に行った昼休み
多摩川の辺で
ゆったり流れる川に

釣り糸をたれ　釣をしている男がいた
多摩川の土手で
すみれを見つけ木片で掘って持ち帰り
庭の片隅に埋めたこともあった
係長研修で辛く厳しい時間にも
すみれは疲れを慰めてくれた

バラの木は
木の枝にいっぱい
若い芽と鋭い刺を生やしている
その生長をしっかり見届けるように
すみれは咲いている

沈　黙

——二〇一三年夏

七月のはじめ
中山道宿場町のあった埼玉県浦和の旧中山道
その裏道にある割烹「千代田」に行く
黒い板塀に沿って歩いてゆく
門を入って中庭を見ると
芝生に椋鳥とスズメがいる
まったく違う鳥なのに
人間の夫婦のように寄り添っている
その向こうに鬼ユリと青いアラカンサスの花が咲いていている

かつてキルケゴールは「野の百合、空の鳥」の中で
百合の花と空の鳥に
自然に柔順に生きる忍耐をみた
人間が沈黙を守ることができないのに
沈黙して耐えている敬虔な姿をみた

いま二十一世紀の庭には
椋鳥とスズメが無垢の命を晒している
見つめている人びとは
二十一世紀を漂流している無辜《むこ》の民
中には妻を亡くした夫がいる
夫を亡くしたばかりの妻もいる
沈黙して耐える姿がある

註・キルケゴール（一八一三―五五）
デンマークの哲学者。「野の百合、空の鳥」はキルケゴールの行なったキリスト教的講話の中にある。

刑事コロンボ

風釆のあがらない
どこか間のぬけた刑事コロンボ
ほんわかとした挙動をしている
姿の見えない犯人を追って
どこからか不意に現われ
どこへかふっと消えてゆく
風のように現われては
霧の彼方へ消えてゆく
いつもきまって舞踏会や

法廷にも現われて事件を解決する

昭和三十年代
地元の議員の塩沢さんは
よれよれのレインコートを着て
がたがたの自転車に乗って
町をいつも走っていた
妙正寺川が氾濫した川沿いの
被災地へやってきて
役所に連絡し消毒をして
伝染病を防いだ

刑事コロンボは
よれよれのレインコートを着てはいるが

いつも自動車に乗って現われる
虫メガネと犬と
少し間のぬけた風貌の
私の大好きなコロンボ刑事――

横笛

——父・昭和三十年代

父は素朴
竹を割ったような男だった
十六歳から七十歳まで
腰の兵児帯に横笛一本差して
お正月には　新橋へ、神楽坂へ
夏には　浅草の三社祭、杉並高円寺の阿波踊り
秋には　杉並区大宮神社、鷺宮八幡神社の秋祭りへと
東奔西走

夏の夕方
家の近くの畑を見に行き
顔を蜂に刺されて帰ってきた
大きく腫れた唇のまま
お囃子と神楽舞を教えに
神奈川県相模原まで出掛けて行った芸一筋の男

生《き》一本《いっぽん》
さっぱりした気性で
めらめら燃える薪のような男
腰に脇差ならぬ
兵児帯に笛いっぽんの
和服のよく似合う
なんとも粋な生涯であった

軽やかな音楽

秋晴れの朝
庭の百日紅の細い枝が
宇宙にそっと差し出されている
その枝に空中からやってきた
雀が一羽そっと止まる
撓《しな》った枝に体重を乗せ
枝をゆらしながら楽しんでいる
仲間の雀もやってきて
いつの間にか四羽になっている

みんな枝を啄んでいる
虫でもたべているのかな
それぞれの枝がゆれて
楽器の弦のように軽やかだ
枝がゆれて
雀たちがとび立った

雀がやって来て
とび立ったあと
ゆれている木の枝は
まるでお琴の弦のように
秋の音楽を
軽やかな音楽を奏《かな》でている

鉦叩

十月の末
鷺宮橋を渡り
紅葉した桜の木の下を通り
妙正寺川の辺りを歩く
歩いていくと
ピラカンサの赤い実が咲いている
季節外れの椿の桃色の花が二つ三つ咲いている
きょうはなぜか雀も秋アカネもいないな
耳をすますと

カネタタキが幽かな声で
チッチッチッチッと鳴いている
――生きているよ
と挨拶している
妙正寺川の川脚が足早に流れてゆく
台風が日本縦断するという予報のせいか
重苦しい雲が空を覆っている
川の辺りの八百屋さんには
並んだ青物のなかで
黄色のみかんと紅いりんごが
季節の唄を唄って輝いている
川の流れが早くなってきた
ひとはみんな足を早めて歩いている
急ぎ足で駅へと急いだ

あなをかし

南海の帝の儵《しゅう》と
北海の帝の忽《こつ》とふたり
中央の帝渾沌《こんとん》の恩に報いんと
渾沌には人間のように七つの穴がない故
目鼻耳口の七つの穴を
一日に一つずつ穴をあけてさしあげると
七日目に渾沌は死んでしまった。（註1）
伊邪那岐命が自らの身体の余分と思われるところを
伊邪那美命の身体の欠けるところに差し入れ

国を生んだという神話の穴と。（註2）
百骸九竅の中に物あり
（百の骨と九つの穴の中に物あり）
かりに名付けて風羅坊といふ。（註3）
笈を背に手には杖を頼みに
うすものの布のようなこころにて
雨に打たれ風に流されそうになりながら
旅人と我が名呼ばれん初しぐれ
蚤虱《のみしらみ》馬の尿《ばり》する枕もと
鶯や餅に糞《ふん》する縁《えん》の先
軽みと軽妙な笑いを残したはせを
持病の痔《じ》に悩まされたとか
穴可笑し　穴可笑し
あなをかし　あなをかし

註1……「荘子」内篇「応帝王篇」第七。
註2……「古事記」
註3……松尾芭蕉「笈の小文」

瑞穂の国の雀はいま
――二〇一二年

秋の日の昼下がり
東京のＪＲ中野駅一番ホーム
三鷹行きの電車を待つ
目の前の一番線線路の向こう側
廃線となった二本の錆びたレールがある
その線路の中に生えた草の実に
舞い降りた雀たちが群れている
やがて電車がホームに入ってくると
雀たちは一斉に舞い上がり

向こうの道路にある桜の大樹の枝に止まった

昭和二十年代日本は農業国だった
私の住む東京中野の鷺宮の田んぼにも
秋には稲穂が稔り稲穂に群がる雀の群《む》れと
稲子、蛙と、蛇は畦道を這っていた

いま中野の高層ビルと大学の立ちならぶ
都会の片隅に追いやられた
瑞穂の国の雀たちは、いま
廃線の中、実を結んだ草の実を啄みながら
ホームに入り、発車して行く電車に
一喜一憂しながら
舞い上ったり舞い降りたりしている

軽い心

きょうは久しぶりの快晴
夏空にうっすら雲が浮かんでいる
スーパー・オーケイに買物に行く
メロン一個、キャベツ半分、大根下半分
じゃがいも一袋、玉ねぎ一袋、王子十個入りパック一つ、
お米二キロ　ジュースは紙パック入り野菜生活二個、
牛乳一個、豆乳一個を買い駐輪場へ向かう　自転車の前籠には重たい乳製品など、
後ろの籠には野菜などを入れる　自転車に乗りスーパーを後にする
妙正寺川に架かる土筆橋を渡り

白鷺団地を走っていると
突然、蟬の声が聞こえてきた
長雨が続いていたので
ことし初めての油蟬の声
急に心が軽くなった

家に帰り、庭に入ると
目の前に赤いバラに
シオカラトンボが一匹やってきてとまった
見ていると、私の目の前で
羽根をまっ直に伸ばしてから
安心しきったように
すーっと羽根を下ろした

きょうは
青い空と、蝉と、
シオカラトンボと、
みんな、みんな、
久しぶり。
そして……私の軽い心も。

かくれんぼ

秋の朝
くさむらの中の地面で
みどり色の大カマキリが一匹
斧を振りあげて
狩の稽古をしている

いつも
いちめんみどりの世界で
みどり色の身体を潜めて

じっとしているバッタ
ひっそり身を隠し斧を胸元におさめ
獲物を見つめているカマキリ
お互いに身動きひとつせず
身を潜めている

忍者の真剣なかくれんぼ

舞姫

——ジャコウアゲハ

けさは庭に
こころが現象として
蝶になってとんでいる
アオスジアゲハだ
今日を占うようにとんでいる
本当に何かよいことがありそうな朝

昼さがりに
アゲハチョウがとんでいる

ジャコウアゲハである
蛹《さなぎ》はお菊虫と呼ばれている蝶
番町皿屋敷、一枚二枚三枚と皿を数えるお菊
その古井戸にいたというお菊虫の蛹は
お菊がうしろ手に縛られた姿を想わせる
その蛹が完全変態の羽化をして
前世とはまったく異なる
美しい蝶に化身して舞っている
ゆっくりゆっくり
黒の舞姫となって舞っている

土　筆

——あらっ　土筆が生えている
庭を歩いていた
杉菜がたくさん生えている中に
土筆が一本生えているのを発見した
長年この土地に住んでいて初めて見付けた土筆

わたしの家の庭には
いつものように春がやってきた
薔薇の木の根元には

母の大好きだった紫色の菫《すみれ》
母が生前埋めた球根から
紫色のヒヤシンスの花がたくさん咲いている
いつも庭にやってくる
やんちゃな雀の坊主たち
けさやってきた鶫が一羽
白い桜草の花片を忙しく啄んでいる
いつもの見慣れた幸せの情景

しかし　けさはいつもとは違う
東京中野の鷺宮に生まれ
一度もこの土地を離れたこともなく
生き永らえて八十年
わたしの胸を熱くした土筆

クレーの夕日

夕日が沈もうとしている
妙正寺川の南側には
二十本ほどのクロガネモチの木があり
赤い実がどっさり生《な》っている
野鳥が鋭く鳴きながら
赤い実をついばんでいる
妙正寺川に夕日は零《こぼ》れて
黄金の蛇となり
鷺宮橋から八幡橋の方へ這っている

沈む夕日を見ていたわたしは
最後の日没を見とどけようと
あわてて土筆橋を渡り
南側の転落防止柵に沿って走り
やっと見つけた日没の見える場所
日の前で夕日が沈む
まるでポール・クレーの夕日のようだ
夕焼け空に青い帳《とばり》が降りてきた
次第に薄墨色にそめあげられてゆく空
鳥が一羽、巣を目指してとんでゆく
急に暗くなってきた
木枯しが吹いて
桜紅葉と銀杏黄葉が風に舞って
妙正寺川の川面にモザイク模様を作っている

虫の声

――昭和二十五年

東京・杉並区天沼の大鳥神社の
お酉《とり》さまに行く
麦畑を通っていった
よしず張りの舞台では
粋な股旅姿の
いなせの浅香光代が
国定忠治を演じていた
舞台を見上げて
串だんごを食べながら見ていた私

麦畑の傍らに
雑木林があり
秋の夜には暗い夜道を通って
ローソクを持って轡虫《くつわむし》をとりにいった
草藪で
ガチャガチャ　ガチャガチャと鳴く
ローソクを点して轡虫をつかまえた
虫籠に入れて家に帰る
南瓜をまっ二つに切り
中のわたを取り除き
竹ひごを使って虫籠を作り
轡虫を飼った

秋の夜にはまた
家の六畳間の障子に
スイッチョが来て鳴いた
スイッチョ　スイッチョと
美しい声で鳴く
白い障子に緑のスイッチョ
哀しく切なく聞こえてきた

あの黄色の麦畑と
雑木林の闇の夜

著者略歴
菊田　守（きくた・まもる）
一九三五年七月、東京中野の鷺宮生まれ。

一九九〇年　詩集『妙正寺川』　土曜美術社
一九九三年　詩集『かなかな』　花神社
二〇〇一年　詩集『仰向け』　潮流社
二〇〇七年　詩集『一本のつゆくさ』　花神社
二〇〇九年　詩集『天の虫』　土曜美術社出版販売
二〇一一年　詩集『カフカの食事』　視点社

現住所　〒165―0035
東京都中野区白鷺二の十七の四

詩集　蛙

二〇一七年一一月二五日初版発行

著　者　菊田　守
発行者　田村雅之
発行所　砂子屋書房
東京都千代田区内神田三―四―七（〒一〇一―〇〇四七）
電話〇三―三二五六―四七〇八　振替〇〇一三〇―二―九七六三一
URL http://www.sunagoya.com
組　版　はあどわあく
印　刷　長野印刷商工株式会社
製　本　渋谷文泉閣